FOLIO CADET

Alain Serres

Le petit humain

illustré par Anne Tonnac

GALLIMARD JEUNESSE

ECOLE

Cette cruelle histoire se déroule dans une école élémentaire pour animaux sauvages. Et, comme dans toutes les écoles du monde, on apprend ici à grandir, à faire des boucles et des ronds, et à inventer des histoires.

L'histoire

Dans la cour, les hippopotames Tim et Tom semblaient ce jour-là bien plus joyeux qu'à l'ordinaire. Ils avaient apporté quelque chose d'extraordinaire dans un petit sac en toile : une grande surprise pour la classe.

Devant le portail de l'école, les élèves se pressaient autour d'eux :

– Ouvrez donc votre sac !

– Est-ce que ça roule ?
Combien de pattes ?
Ça se mange ?

Aux questions qui fusaient de toutes parts les deux frères ne répondaient fièrement que par un léger signe de la tête.

La maîtresse, qui était une chimpanzé avec des lunettes vertes, tira sur la cloche et chacun rejoignit sa place en un clin d'œil.

Dans la classe, attentive comme elle ne l'avait jamais été, la maîtresse se gratta le dessus de la tête. Puis elle demanda aux deux élèves d'expliquer leur affaire et de déballer enfin leur surprise qui paraissait pressée de sortir.

La surprise

Les deux hippopotames s'approchèrent du bureau en transportant leur sac en toile avec précaution.

Tim se lança :

– Dimanche nous sommes allés nous promener, mon frère, mes deux sœurs, ma mère et moi…

Tom continua :

– Nous sommes allés nous promener dans la grande forêt de chênes…

– Et là, parmi les arbres, nous avons vu sautiller la surprise, rajouta Tim.

La maîtresse se gratta le nez. Et les deux hippopotames continuèrent :

– Alors pour qu'il ne se perde pas…

– Et pour qu'il n'ait pas froid…

– Nous l'avons mis dans notre petit sac en toile, conclut Tom.

Les animaux, impatients, commençaient à ne plus pouvoir tenir en place et gesticulaient dans tous les sens pour mieux apercevoir la surprise.

Enfin, minutieusement, les deux frères se décidèrent à déballer leur trésor :

– Oooh ! firent les animaux.

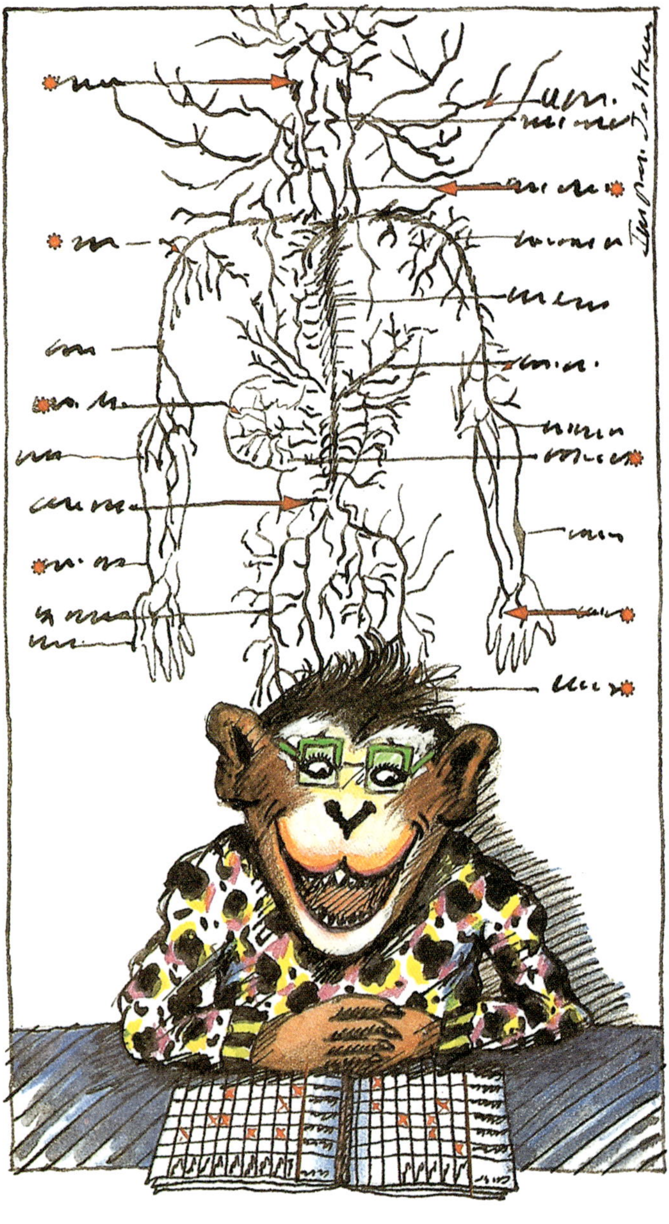

– Mais qu'est-ce ? fit la maîtresse.

– Un pe-tit-hu-main ! répondirent-ils avec le même entrain.

En effet, un petit enfant d'homme se trouvait là, planté comme un vase en porcelaine sur le bureau de la maîtresse, les deux pieds si serrés qu'ils n'en formaient plus qu'un.

La maîtresse était ravie de l'aubaine, elle allait enfin pouvoir faire une très intéressante leçon de sciences naturelles.

La leçon

Les élèves s'assirent en demi-cercle autour du bureau, et la maîtresse flanqua le garçon à quatre pattes. En s'appliquant à articuler, elle commença ses explications :

– Voici un enfant d'homme. Il a comme nous quatre pattes : une, deux, trois et quatre. Mais il ne marche que sur celles de derrière. On les appelle les jambes.

Et la classe répéta : « les jambes ».

D'un coup sec, elle planta le petit humain sur ses deux pattes de derrière.

– Mais lâchez-moi ! cria-t-il, lâchez-moi ! Je veux rentrer chez moi !

– Écoutez, dit la maîtresse, il fait du bruit. La vache meugle, le chat miaule, le lion rugit, et le petit humain ?

– Il parle, répondirent les élèves, qui avaient appris cela dans les livres.

– Écoutez encore, poursuivit la maîtresse, quand on lui pince le nez il parle plus fort.

Le chimpanzé saisit alors entre ses gros doigts le nez de l'enfant et le tire-bouchonna dans un sens puis dans l'autre.

– Aïe, lâchez-moi, mais lâchez-moi ! Je veux rentrer chez moi immédiatement, nasilla-t-il en se débattant.

Bien sûr les animaux ne comprenaient pas un seul mot du petit humain. Le langage des animaux et celui des humains sont bien différents. Ils trouvèrent donc ces paroles fort amusantes et pendant la récréation tout le monde essaya d'imiter le petit humain.

La récréation

– Je veu rentré ché moa, je veu rentré ché moa, répétait le cacatoès.

– Mê lâché moé, mê lâché moé, bafouillait un ouistiti.

Un éléphant qui avait une très grande culture expliqua que les propos du petit humain avaient peut-être une signification et qu'il ne fallait pas s'en moquer.

Ay ay ay, mê laché moay!
Yế ay ay, é pa ché moay!
Ay ay ay, Yế

Mais le zèbre trouvait très drôle de chanter :

– Ay, ay, ay, lâche moay ! en se dandinant sur ses deux pattes arrière.

Au retour de la récréation, tant pis pour l'exercice de calcul, on reprit l'observation de l'intrus.

L'observation

La maîtresse fit passer l'enfant parmi les élèves pour que chacun puisse mieux comprendre la leçon. Le petit humain se trouva ainsi balancé de grosses pattes d'éléphant en fines

griffes de panthère, en passant par des doigts poilus qu'il n'avait jamais osé imaginer.

Celui-ci l'attrapait par une oreille et celui-là par la peau du dos. On se lançait même le petit humain pour aller plus vite.

– Oh, c'est mou ! s'exclama le tatou.

– C'est léger et tout blanc ! ajouta l'éléphant.

– Il n'a ni oreilles ni cou dignes de ce nom, fit le girafon.

À en croire l'hyène, le petit homme sentait terriblement mauvais, et le crocodile lui trouva même, d'un coup de langue râpeuse, un fade goût de lait.

Le petit humain essayait de faire comprendre qu'une caresse de maman valait mille fois plus qu'une bise de crocodile. Mais rien n'y fit, on le

manipula, on le caressa, on le gratta, on le retourna, et on l'entortilla toute la journée et dans tous les sens.

On le dessina même. L'éléphant, bien sûr, l'affubla d'un nez beaucoup trop long.

Le chameau lui ajouta deux bosses sur le dos, et le zèbre ne put s'empêcher de décorer son dessin de rayures blanches et noires.

On lui chercha enfin un nom. Doudou ! Lolo ! Moumou ! Bonbon ! Moa-Moa !… Chacun fit sa proposition. En fin de compte, on le baptisa fort joliment « Monsieur », parce que c'était un nom très utilisé chez les humains.

Et, à la demande générale, on décida de garder Monsieur en classe, pour la vie.

La vie de Monsieur

La maîtresse avait expliqué qu'une cage serait trop sévère pour un si tendre enfant. On avait donc installé Monsieur dans un beau panier tressé, tapissé de feuilles de bananier.

Une léoparde, qui adorait jouer à la poupée, déposait tous les matins un pot d'eau claire près du panier.

Un tour de rôle fut organisé pour apporter à Monsieur des fruits tous les midis.

Et tous les soirs, la maîtresse prenait soin de fermer toutes les portes à clef pour que Monsieur ne puisse s'échapper.

Il ne s'échappa point.

Le petit humain regardait son repas avec des yeux ronds comme deux pièces en chocolat. Il rêvait d'enfermer tous les animaux dans un zoo, à double tour. Il projetait de les faire tourner tous à la queue leu leu autour

d'une piste. Mais en attendant ce jour-là, il était bien obligé de croquer la verdure qu'on lui réservait et de dormir dans le feuillage frais qu'on s'appliquait à lui préparer.

Après plusieurs journées d'amusement, de découvertes et de plaisir

pour la classe, la maîtresse, qui savait lire dans les yeux des enfants, expliqua que le petit humain serait bien plus heureux s'il retrouvait sa famille, ses amis, sa ville.

Elle décida qu'il était temps de remettre Monsieur en liberté.

La liberté

Les élèves se rassemblèrent à contrecœur à la lisière du bois qui cernait l'école. Ils restèrent là, fixant l'horizon, jusqu'à ce que le petit humain, escorté par les deux frères Tim et Tom, disparaisse au bout du chemin.

Comme il fallait bien se faire une raison pour supporter cette douloureuse séparation, les animaux décidèrent de confectionner un petit humain en chiffon pour remplacer Monsieur au fond de la classe.

À l’entrée de la ville, les deux hippopotames lâchèrent la main de Monsieur.

Il courut de tout son souffle par les

rues et les trottoirs, il fila sous une échelle, enjamba un bouledogue et se faufila entre les voitures.

Sur sa droite, il reconnut la rue des Frères-Lumière, parce qu'elle com-

mençait par un arrêt d'autobus. Sur sa gauche il aperçut le numéro 22 comme deux canards qui nagent dans une mare bleue.

Du haut de l'immeuble, deux voix crièrent en même temps :

– Mathias !

C'était son nom, sa maison, ses parents !

FIN

TABLE DES MATIÈRES

1. L’histoire, 8

2. La surprise, 12

3. La leçon, 20

4. La récréation, 24

5. L’observation, 28

6. La vie de Monsieur, 36

7. La liberté, 42

L'AUTEUR

Alain Serres est né à Biarritz, au Pays basque, en 1956. Après l'école normale d'instituteurs de Versailles, il a été enseignant dans une école maternelle, dans les Yvelines. Romancier et poète, il a publié une cinquantaine d'ouvrages chez de nombreux éditeurs, allant de l'album pour tout-petits au documentaire pour les jeunes adolescents. En 1997, il est devenu éditeur en lançant sa propre maison d'édition, Rue du Monde. Il rencontre souvent ses lecteurs dans des ateliers d'écriture et participe à des débats sur les droits de l'enfant ou le livre pour la jeunesse. Aux Éditions Gallimard Jeunesse, il a déjà publié *Du commerce de la souris*, dans la collection Folio Cadet.

Anne Tonnac est née à Alger en 1953. Elle vit aujourd'hui à Strasbourg. Elle illustre des histoires drôles ou mystérieuses et dessine pour les petits dans la presse. Elle a deux métiers : illustratrice et professeur. Parfois, elle écrit aussi des histoires et publie des albums. Anne Tonnac a par ailleurs illustré plusieurs livres dans la collection Folio Junior : *Géante*, de Melvin Burgess, *Harriet l'espionne*, de Louise Fitzhugh, *Le Vagabond*, de Robert Westall, *Trini à l'île de Pâques*, de Pierrette Fleutiaux.

CONTES CLASSIQUES ET MODERNES

La petite fille aux allumettes, 183

La petite sirène, 464

Le rossignol de l'empereur de Chine, 179

de Hans Christian Andersen
illustrés par Georges Lemoine

Le cavalier Tempête, 420
de Kevin Crossley-Holland
illustré par Alan Marks

La chèvre de M. Seguin, 455
d'Alphonse Daudet
illustré par François Place

Nou l'impatient, 461
d'Eglal Errera
illustré par Aurélia Fronty

Le lac des cygnes et autres belles histoires, 473
d'Adèle Geras
illustré par E. Chichester Clark

Prune et Fleur de Houx, 220
de Rumer Godden
illustré par Barbara Cooney

Les 9 vies d'Aristote, 444
de Dick King-Smith
illustré par Bob Graham

Histoires comme ça, 316
de Rudyard Kipling
illustré par Etienne Delessert

Les chats volants, 454
Le retour des chats volants, 471
d'Ursula K. Le Guin
illustrés par S. D. Schindler

La Belle et la Bête, 188
de Mme Leprince de Beaumont
illustré par Willi Glasauer

Contes d'un royaume perdu, 462
d'Erik L'Homme
illustré par François Place

Mystère, 217
de Marie-Aude Murail
illustré par Serge Bloch

Contes pour enfants pas sages, 181
de Jacques Prévert
illustré par Elsa Henriquez

La magie de Lila, 385
de Philip Pullman
illustré par S. Saelig Gallagher

Une musique magique, 446
de Lara Rios
illustré par Vicky Ramos

Du commerce de la souris, 195
d'Alain Serres
illustré par Claude Lapointe

Les contes du Chat perché

L'âne et le cheval, 300

Les boîtes de peinture, 199

Le canard et la panthère, 128

Le cerf et le chien, 308

Le chien, 201

L'éléphant, 307

Le loup, 283

Le mauvais jars, 236

Le paon, 263

La patte du chat, 200

Le problème, 198

Les vaches, 215
de Marcel Aymé
illustrés par Roland
et Claudine Sabatier

AVENTURE

Le meilleur des livres, 421
d'Andrew Clements
illustré par Brian Selznick

Le poisson de la chambre 11, 452
de Heather Dyer
illustré par Peter Bailey

Le poney dans la neige, 175
de Jane Gardam
illustré par William Geldart

Longue vie aux dodos, 230
de Dick King-Smith
illustré par David Parkins

Une marmite pleine d'or, 279
de Dick King-Smith
illustré par William Geldart

L'enlèvement de la bibliothécaire, 189
de Margaret Mahy
illustré par Quentin Blake

Le lion blanc, 356
de Michael Morpurgo
illustré par Jean-Michel Payet

Le secret de grand-père, 414

Toro ! Toro ! 422
de Michael Morpurgo
illustrés par Michael Foreman

Jour de Chance, 457
de Gillian Rubinstein
illustré par Rozier-Gaudriault

Sadi et le général, 466
de Katia Sabet
illustré par Clément Devaux

Les poules, 294
de John Yeoman
illustré par Quentin Blake

FAMILLE, VIE QUOTIDIENNE

L'invité des CE2, 429
de Jean-Philippe Arrou-Vignod
illustré par Estelle Meyrand

Clément aplati, 196
de Jeff Brown
illustré par Tony Ross

Je t'écris, j'écris, 315
de Geva Caban
illustré par Zina Modiano

Little Lou, 309
de Jean Claverie

J'aime pas la poésie ! 438
de Sharon Creech
illustré par Marie Flusin

Mon petit frère est un génie, 472
de Dick King-Smith
illustré par Judy Brown

Danger gros mots, 319
de Claude Gutman
illustré par Pef

Sarah la pas belle, 223

Sarah la pas belle se marie, 354

Le journal de Caleb, 441
de Patricia MacLachlan
illustrés par Quentin Blake

Victoire est amoureuse, 449
de Catherine Missonnier
illustré par A.-I. Le Touzé

Oukélé la télé ? 190
de Susie Morgenstern
illustré par Pef

Nous deux, rue Bleue, 427
de Gérard Pussey
illustré par Philippe Dumas

Le petit humain, 193
d'Alain Serres
illustré par Anne Tonnac

Petit Bloï, 432
de Vincent de Swarte
illustré par Christine Davenier

La chouette qui avait peur du noir, 288
de Jill Tomlinson
illustré par Susan Hellard

Lulu Bouche-Cousue, 425

Ma chère momie, 419

Soirée pyjama, 465

Le site des soucis, 440
de Jacqueline Wilson
illustrés par Nick Sharratt

LES GRANDS AUTEURS POUR ADULTES ÉCRIVENT POUR LES ENFANTS

BLAISE CENDRARS

Petits contes nègres pour les enfants des Blancs, 224
illustré par Jacqueline Duhême

ROALD DAHL

Un amour de tortue, 232

Un conte peut en cacher un autre, 313

Fantastique maître Renard, 174

La girafe, le pélican et moi, 278
illustrés par Quentin Blake

Le doigt magique, 185
illustré par Henri Galeron

Les Minuscules, 289
illustré par Patrick Benson

JEAN GIONO

L'homme qui plantait des arbres, 180
illustré par Willi Glasauer

J.M.G. LE CLÉZIO

Balaabilou, 404
illustré par Georges Lemoine

Voyage au pays des arbres, 187
illustré par Henri Galeron

MICHEL TOURNIER

Barbedor, 172
illustré par Georges Lemoine

Pierrot ou les secrets de la nuit, 205
illustré par Danièle Bour

MARGUERITE YOURCENAR

Comment Wang-Fô fut sauvé, 178
illustré par Georges Lemoine

RETROUVEZ VOS HÉROS

Akimbo

Akimbo et les éléphants, 474
d'Alexander McCall Smith
illustré par Peter Bailey

Avril

Avril et la Poison, 413

Avril est en danger, 430

Avril prend la mer, 434
d'Henrietta Branford
illustrés par Lesley Harker

Will, Marty et compagnie

Panique à la bibliothèque, 445
La légende du capitaine Crock, 468
de Eoin Colfer
illustrés par Tony Ross

William

L'anniversaire de William, 398

William et la maison hantée, 409

William et le trésor caché, 400

William change de tête, 418
de Richmal Crompton
illustrés par Tony Ross

Les premières aventures de Lili Graffiti

Lili Graffiti fait du camping, 447

7 bougies pour Lili Graffiti, 448

Lili Graffiti fait du manège, 459

Lili Graffiti va à l'école, 463

Les aventures de Lili Graffiti

Lili Graffiti, 341

Les vacances de Lili Graffiti, 342

La rentrée de Lili Graffiti, 362

Courage, Lili Graffiti ! 366

Un nouvel ami pour Lili Graffiti, 380

Lili Graffiti voit rouge, 390

Rien ne va plus pour Lili Graffiti, 395

Moi, Lili Graffiti, 411

Lili Graffiti est verte de jalousie, 458
de Paula Danziger
illustrés par Tony Ross

Mademoiselle Charlotte

La nouvelle maîtresse, 439
La mystérieuse bibliothécaire, 450
Une bien curieuse factrice, 456
Une drôle de ministre, 469
de Dominique Demers
illustrés par Tony Ross

Zigotos de zoo

Faim de loup, 453
Trop bavards, 467
de Yves Hughes
illustrés par Joëlle Jolivet

Les Massacreurs de Dragons

Le nouvel élève, 405
La vengeance du dragon, 407
La caverne maudite, 410
Une princesse pour Wiglaf, 417
Le chevalier Plus-que-Parfait, 442
Il faut sauver messire Lancelot ! 443
Le tournoi des Supercracks, 460
de Kate McMullan
illustrés par Bill Basso

Amélia

Le cahier d'Amélia, 423
L'école d'Amélia, 426
Docteur Amélia, 435
de Marissa Moss

Amandine Malabul

Amandine Malabul sorcière maladroite, 208
Amandine Malabul la sorcière ensorcelée, 305
Amandine Malabul la sorcière a des ennuis, 228
Amandine Malabul la sorcière a peur de l'eau, 318
de Jill Murphy

La famille Motordu

Les belles lisses poires de France, 216
Dictionnaire des mots tordus, 192
L'ivre de français, 246
Leçons de géoravie, 291
Le livre de nattes, 240
Motordu a pâle au ventre, 330
Motordu as à la télé, 336
Motordu au pas, au trot, au gras dos, 333
Motordu champignon olympique, 334

Motordu est le frère Noël, 335

Motordu et le fantôme du chapeau, 332

Motordu et les petits hommes vers, 329

Motordu et son père Hoquet, 337

Motordu sur la Botte d'Azur, 331

Silence naturel, 292
de Pef

Harry-le-Chat, Tucker-la Souris et Chester-le-Grillon

Harry-le-Chat et Tucker-la-Souris, 436

Un grillon dans le métro, 433
de George Selden,
illustrés par Garth Williams

Eloïse

Eloïse, 357

Eloïse à Noël, 408

Eloïse à Paris, 378
de Kay Thompson
illustrés par Hilary Knight

Les Chevaliers en herbe

Le bouffon de chiffon, 424

Le monstre aux yeux d'or, 428

Le chevalier fantôme, 437

Dangereux complots, 451
d'Arthur Ténor
illustrés par D. et C. Millet

BIOGRAPHIES DE PERSONNAGES CÉLÈBRES

Louis Braille, l'enfant de la nuit, 225
de Margaret Davidson
illustré par André Dahan

La métamorphose d'Helen Keller, 383
de Margaret Davidson
illustré par Georges Lemoine

Maquette : Chita Lévy

ISBN : 978-2-07-055307-5
N° d'édition : 169980
Loi n° 49-956 du 16 juillet 1949 sur les publications destinées à la jeunesse
Premier dépôt légal : novembre 1986
Dépôt légal : mai 2009
Imprimé en Italie par Zanardi Group